18 Mars 1912

marque

Collection de M. PAUL TACHARD

FAIENCES HISPANO-MAURESQUES

CATALOGUE

DES

ANCIENNES

Faïences Hispano-Mauresques

PLAT IMPORTANT A REFLETS MÉTALLIQUES

En Faïence de Manissès, XIVe Siècle

COMPOSANT LA COLLECTION DE M. PAUL TACHARD

ET DONT LA VENTE AURA LIEU A PARIS

HOTEL DROUOT, SALLE N° 6

LE LUNDI 18 MARS 1912

à 2 heures 1/2

COMMISSAIRE-PRISEUR

Me HENRI BAUDOIN

Successeur de M. PAUL CHEVALLIER

10, rue de la Grange-Batelière

EXPERTS

MM. MANNHEIM

7, rue Saint-Georges

PARIS

EXPOSITIONS

PARTICULIÈRE : *Le Samedi 16 Mars 1912* . . . . . . } DE 1 HEURE 1/2
PUBLIQUE : *Le Dimanche 17 Mars 1912* . . . . . . } A 6 HEURES

CONDITIONS DE LA VENTE

Elle sera faite au comptant.

Les adjudicataires paieront *dix pour cent* en sus des enchères.

Paris. — Imprimerie de l'Art, Ch. Berger, 41, rue de la Victoire.

PRÉFACE

Si, contrairement aux usages qui régissent les ventes d'objets d'art anciens, nous écrivons nous-même une préface en tête de ce catalogue au lieu de laisser ce soin à des personnes plus autorisées, c'est que d'abord nous avons dû céder aux instances de collectionneurs qui nous en ont prié, et qu'ensuite nous avons la certitude que les amateurs en lisant ces notes n'auront point de peine à se convaincre qu'il ne s'agit point ici d'une réclame dans le but de surenchérir le prix de certaines pièces, mais simplement de poser des jalons pouvant servir de guides à l'historien futur qui entreprendra un jour peut-être l'étude aussi attrayante que mystérieuse de la fabrication des faïences espagnoles durant la période du Moyen-âge.

Quelle est l'origine primitive de ces faïences ? A quelle époque et par qui furent-elles importées en Espagne ? Nous viennent-elles directement de la Perse ou de l'Égypte ? Quels furent en Espagne les principaux centres de fabrication ? Autant de questions qui ont été étudiées par des spécialistes, mais qui sont loin encore d'être résolues.

Et cela doit d'autant moins nous surprendre que si par exemple nous généralisons la question et nous nous demandons comment il se fait que l'histoire des arts en Espagne soit si peu connue et surtout si mal définie, c'est qu'à notre humble avis les critiques n'ont pas suffisamment tenu compte de ce fait, disons mieux de cet axiome, d'où découlent les principales conclusions qui peuvent apporter quelques lumières à ce mystère, c'est que durant six siècles, du IXe au XVe siècle, l'Orient tout entier a travaillé pour l'Espagne.

Voilà la clef qui seule explique ce merveilleux enchevêtrement et cet heureux mariage d'art Fatimite, Persan, Syrien, Turc et Sarrazin qui se révèle à chaque pas en Espagne, soit dans les monuments soit dans les œuvres d'art qui correspondent à la période de la domination arabe et qui leur donne un cachet si original.

Quant à la question qui nous occupe, c'est-à-dire la céramique, hâtons-nous de dire qu'une des causes principales de nos incertitudes est due à ce que ni l'État ni les particuliers ne s'étaient avisés jusqu'ici de faire des fouilles en dehors des endroits historiques ayant trait à l'occupation romaine, tels que Numance, Italica, Merida et autres, négligeant ainsi les précieuses indications et les trésors enfouis qu'auraient pu leur fournir la mise au jour des ruines d'antiques cités arabes ensevelies depuis des siècles.

Aujourd'hui toutefois il semble qu'une réaction s'opère dans ce sens, et des fouilles se poursuivent aux frais de l'état aux environs de la célèbre Cordoue sur l'ancien emplacement de Medinet-ez-Zahra dont la fondation remonte à Abd-er-Rahman III, l'an 930 de notre ère, et qui fût saccagée en 1010 par les partisans de Mohammed II et les troupes fanatiques de Soliman.

Ce serait nous écarter de notre but que de parler ici des anciennes fabriques de céramique lustrée de Grenade, de Cordoue, de Malaga, de Jaen, etc., etc., durant l'occupation des Maures, et bien que nous possédions à ce sujet des documents d'un intérêt réel, nous en venons directement aux fabriques de Manissès et de Paterna, de l'ancien royaume de Valence, qui font d'ailleurs l'objet principal de ces notes.

Il est un fait acquis par l'histoire, c'est que lorsque le roi Jaime Ier d'Aragon fit la conquête du royaume de Valence, non seulement les potiers maures ne furent point expulsés, mais il rendit même une charte spéciale datée de 1248 en faveur des potiers de Jativa leur permettant d'exploiter leur industrie moyennant une redevance presque insignifiante. Des documents conservés aux archives diocésaines de Valence nous renseignent également sur la protection attribuée aux Maures de Manissès, qui était un des centres les plus importants de l'industrie céramique à reflets métalliques; industrie dont en 1384 le célèbre chroniqueur Fray Francisco Eximenes vantait les merveilles en ces termes: « Il faut voir les admirables objets que l'on fabrique ici simplement avec « de l'argile, et qu'on ne saurait trouver nulle part ailleurs. — D'abord « les ustensiles propres aux usages journaliers que fabrique Paterna, et « puis les pièces dorées qui sont la spécialité de Manissès. Celles-ci sont « traitées avec un art si parfait que le Pape, les cardinaux et les « princes eux-mêmes en font des commandes et s'étonnent qu'avec une « matière si humble comme est l'argile on puisse fabriquer des objets si « nobles et si excellents. » (1) Ces louanges étaient d'autant plus méritées que Manissès fût en effet le dernier centre en Espagne où se conservèrent

(1) Franciso Eximenes. Régiment de la cosa publica. — Valencia 1499.

les anciennes, c'est-à-dire les vraies traditions arabes pour la fabrication de la poterie, traditions qui, un siècle et demi plus tard, devaient pour jamais se perdre sans qu'il fût possible, depuis, d'en retrouver les secrets.

Mais ce qu'on ignorait encore jusqu'à ces dernières années, c'était qu'à côté même du centre principal de fabrication de la céramique lustrée, florissait une autre industrie de céramique Hispano-mauresque : la céramique à émail bleu.

Sans doute, à plusieurs reprises, quelques pièces à décor bleu sans lustre avaient été apportées d'Espagne, soit en France soit en Angleterre : mais tandis que certains collectionneurs, même Espagnols et non des moindres, s'obstinaient à voir en elles des pièces incomplètes auxquelles l'artiste avait négligé d'ajouter les reflets du lustre et refusaient pour ce même motif le célèbre plat creux à émail bleu que s'empressait d'acquérir le Musée du Louvre, convaincus de l'erreur d'une semblable théorie en même temps que guidés par le texte cité plus haut de Fray Francisco Eximenes, nous nous mettions immédiatement à l'œuvre en vue d'élucider cette question. Or, de simples paysans de la campagne de Paterna (Paterna n'est séparé de Manissès que par un torrent presque toujours desséché) nous mirent providentiellement sur la voie en nous conduisant en un endroit assez éloigné du village qui porte le nom de Moulin des Tessons, en espagnol : ***Molino del Testar.*** Là, en présence des vastes champs de vigne et d'oliviers, quelle ne fût pas notre surprise de voir le sol entièrement jonché de débris de poterie en émail bleu, et quelques-uns, ceux-là plus rares, en émail vert et manganèse. Et de même que maints endroits de la campagne de Manissès sont entièrement recouverts de tessons de faïence lustrée, au point qu'à certaines heures de la journée l'influence des rayons du soleil sur tous ces débris à reflets métalliques transforme les champs en une vaste plaine d'or, ainsi les terres qui avoisinent le moulin de Paterna sous l'action de ces mêmes rayons lumineux, sur ces émaux de tonalité plus douce, apparaissaient à nos yeux éblouis comme de vastes champs d'azur.

Comment douter après cela qu'il n'y eut eu en cet endroit même un centre des plus importants de la fabrication Hispano-mauresque à décor d'émail bleu ?

Quelques mois plus tard, pressés par nos arguments, plusieurs amateurs et spécialistes en céramique, en tête desquels nous nous plaisons à citer Don José Almenar, se mettaient résolument à l'œuvre et commençaient des fouilles qui devaient être fructueuses. Après avoir retiré un grand nombre de tessons à décor d'émail bleu, dont quelques-uns d'une finesse remarquable et d'un caractère arabe très marqué, ils avaient la chance de découvrir un ancien four, four très simple et de petites dimensions comme d'ailleurs tous les fours arabes, et ils mettaient à jour un certain nombre de pièces intactes, incrustées dans le sol même et admirablement conservées.

Bien plus, à côté du four se trouvaient des débris de poterie de formes variées qui, cuites seulement une première fois, avaient été décorées sur la terre nue en bleu cobalt en attendant leur trempe dans l'émail, et nous révélaient de la sorte les secrets de cette fabrication à peinture dite sous émail, qui, comme on le voit, était déjà connue et pratiquée depuis des siècles par les Maures d'Espagne.

Mais il était encore réservé à ces fouilles une autre surprise archéologique. En effet, à mesure qu'elles avançaient, on découvrait çà et là des tessons décorés en vert et manganèse, qui, quoique empreints d'un cachet oriental très marqué, se distinguaient toutefois complètement par le style et la décoration de l'art Hispano-mauresque et ne laissaient aucun doute sur une fabrication antérieure à l'invasion arabe.

Une seule solution logique s'imposait donc, celle de fouiller le sol jusqu'à retrouver les traces de cette fabrication primitive. Et c'est ce qui fut fait d'ailleurs avec un soin et une méthode dignes de tout éloge et aussi, hâtons-nous de le dire, avec un succès qui dépassait de beaucoup même nos espérances.

A plus de six mètres de profondeur, la pioche mettait à découvert le sol primitif de ces anciennes fabriques jonché de tessons et de pièces plus ou moins mutilées, les unes à dessin d'animaux, d'autres à dessin de personnages et le reste à dessin de palmettes stylisées ou de très fines arabesques, le tout à décor vert sur fond blanc rehaussé de manganèse.

Voilà donc retrouvée l'origine de cette céramique que nous ne connaissions guère que par quelques spécimens assez rares et à laquelle nous avons donné jusqu'ici le nom de Valence.

A quelle époque commence à Paterna la fabrication de la céramique décorée en vert et en manganèse ? Il est impossible pour le moment de le définir avec précision; nous ne craignons pas, toutefois, de nous écarter de la vérité en parlant du xe ou xie siècle.

Nous faisons allusion ici à la fabrication primitive qui se reconnaît de suite à l'éclat et à la finesse de l'émail autant qu'à l'originalité du style qui a un caractère oriental très marqué.

Il est probable, en effet, disons mieux, il est même certain que cette fabrication s'est continuée plus tard parallèlement avec celle des Maures, et nous pouvons même affirmer avec certitude que l'on trouve des pièces de même coloris, mais de qualité et d'exécution plus grossières, dans la province de Teruel et qui ne remontent pas plus haut que le xve siècle. Et surtout qu'on ne dise point que le secret ou, si l'on préfère, l'art de fabriquer cette faïence a été importé d'Italie en Espagne et que la faïence de Paterna est probablement la fille des célèbres poteries d'Orvieto... Entre les deux fabrications il y a un abîme: le souffle qui inspira les premiers potiers de Paterna venait directement de l'Orient en passant peut-être par Byzance, et qui sait si au contraire Orvieto ne s'inspira pas primitivement de Paterna pour suivre plus tard le génie du sol natal.

En résumé, deux points essentiels restent acquis dès maintenant à l'histoire de l'Art de la Céramique; c'est que Paterna, qui devait déjà son nom latin de *Patera* (1) au fait que les Romains après l'invasion avaient trouvé dans cette ville une industrie florissante de poterie et spécialement de coupes ou *Pateres* en argile très fine, devint plus tard le centre de deux fabrications importantes :

La première, décorée en vert et manganèse, d'une époque et d'une origine encore incertaine, mais sûrement antérieure au moyen âge; la seconde à décor bleu cobalt et émail stannifère, fabrication parallèle à la fabrication à reflets métalliques qui furent toutes deux une industrie Hispano-mauresque, c'est-à-dire implantée et exploitée en Espagne par les Maures.

Et tandis que Manissès, voisine de Paterna, fabriquait la faïence lustrée pour la Cour Romaine et les Cours d'Europe, Paterna travaillait à son tour pour les gens moins fortunés et plus humbles, mais, hâtons-nous de le dire, avec un art qui ne le cédait en rien au premier.

Paul TACHARD.

(1) Escolano. *Historia de Valencia*, Tomo II.

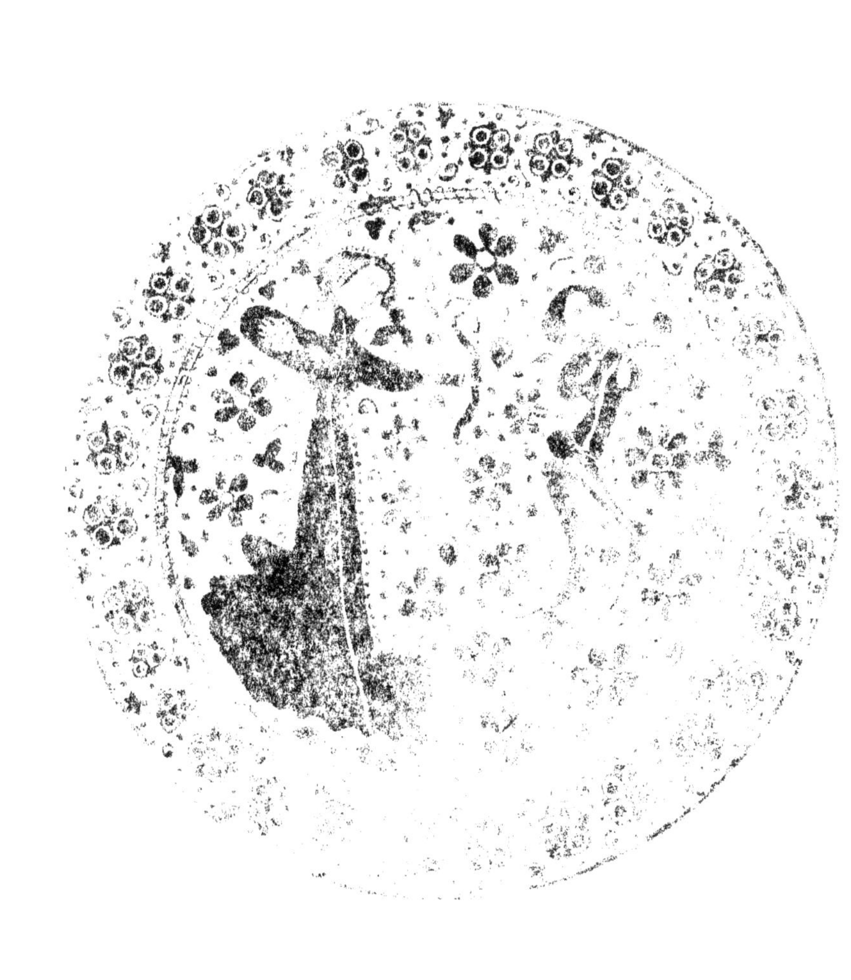

I

DÉSIGNATION

1 — Plat en ancienne faïence hispano-mauresque à reflets métalliques.

Il est décoré d'une scène romanesque figurée par deux personnages au milieu d'un semis de fleurettes et de feuillages stylisés. Une dame vêtue d'une longue robe qui l'enveloppe avec une extrême élégance, et tenant un arc dans ses mains, blesse d'une flèche un jeune troubadour qui semble indiquer par son attitude plus de satisfaction que de douleur. Le style de la composition, ainsi que certains détails très caractéristiques dans les costumes des deux personnages, ne laissent aucun doute sur l'influence de l'art toscan dans cette œuvre si originale qu'il faut attribuer à quelque artiste florentin appelé à Valence au XIVe siècle pour y peindre très probablement des panneaux religieux. La tonalité est d'or très pâle sur fond blanc ivoiré. Au revers, un semis de feuillages et de fleurettes stylisés. Fabrication de Manissès, XIVe siècle.

Diam., 39 cent.

2 — Cornet de pharmacie en ancienne faïence hispano-mauresque, à décor bleu et à reflets métalliques.

Sur la panse, deux larges zones d'inscriptions arabes en bleu alternant avec des bandes à rinceaux de feuillages stylisés en or très pâle. Sur le col, inscription stylisée en bleu. Manissès, xive siècle.

Haut., 32 cent.

3 — Cornet de pharmacie en ancienne faïence hispano-mauresque, à décor bleu et à reflets métalliques.

La partie supérieure est ornée de losanges en bleu décorés, au centre, de fines arabesques réservées en blanc sur fond d'or, le tout encadré de motifs vermiculés. Au centre, une bande à décor d'arabesques également réservées sur fond d'or. Dans le bas, et sur le col, dessin quadrillé en bleu et or. Manissès, fin du xive ou commencement du xve siècle.

Haut., 25 cent.

4 — Grand cornet de pharmacie en ancienne faïence hispano-mauresque, à décor bleu et à reflets métalliques.

Sur le haut de la panse, large bande formée de losanges en bleu décorés de motifs vermiculés. Dans le bas, quadrillés en bleu, coupés par de fines rayures d'or. Bordures à rinceaux et col orné d'une inscription stylisée en bleu. Manissès, fin du xive ou commencement du xve siècle.

Haut., 32 cent.

2 7 4

6 3500   3 2050   5

5 — Cornet de pharmacie en ancienne faïence hispano-mauresque, à décor bleu et à reflets métalliques.

La panse est ornée, dans le haut, de bandes verticales formées de hachures bleues et dorées alternant les unes avec les autres. Dans le bas, décor ogival en bleu avec rinceaux et arabesques. Sur le col, inscription stylisée en bleu. Manissès, fin du xive ou commencement du xve siècle.

Haut., 29 cent.

6 — Cornet de pharmacie en ancienne faïence hispano-mauresque, à décor bleu et à reflets métalliques.

Dans le haut, des rayures en bleu et or ; au centre et dans le bas, deux rangées d'inscriptions arabes en bleu, alternant avec de très fines arabesques. Sur le col, inscription stylisée également en bleu. Manissès, fin du xive ou commencement du xve siècle.

Haut., 28 cent.

7 — Cornet de pharmacie en ancienne faïence hispano-mauresque, à décor bleu et à reflets métalliques.

L'ornementation consiste en un semis de feuilles de vigne et de rinceaux alternant, en bleu foncé et or pâle. Manissès, xve siècle.

Haut., 30 cent.

8 — Cornet de pharmacie en ancienne faïence hispano-mauresque, à reflets métalliques.

Sa décoration consiste en de larges rinceaux de fleurettes stylisées et séparées par des rayures. Sur le col, même décoration. Manissès, xve siècle.

Haut., 29 cent.

9 — Paire de cornets de pharmacie en ancienne faïence hispano-mauresque, à décor bleu.

La panse est ornée de rinceaux et de feuillages stylisés alternant avec de grands disques en bleu sur fond blanc. Sur le col, même décoration avec disques plus petits. Paterna, xve siècle.

Haut., 27 cent.

10 — Grand cornet de pharmacie en ancienne faïence hispano-mauresque, décor en émail bleu.

L'ornementation consiste en une série de compartiments verticaux superposés et divisant la panse en deux parties. Chacune d'elles est décorée soit de rosaces, soit de palmettes stylisées. Paterna, xve siècle.

Haut., 34 cent.

11 — Cornet de pharmacie en ancienne faïence hispano-mauresque, décor en émail bleu.

Il est décoré, en plein, sur la panse d'une grande inscription en caractères coufiques, au milieu de feuillages stylisés. Paterna, xve siècle.

Haut., 30 cent.

12 — Cornet de pharmacie en ancienne faïence hispano-mauresque, décor en émail bleu.

Il est décoré, en plein, sur la panse d'une grande inscription en caractères gothiques au milieu de feuillages stylisés. Paterna, xve siècle.

Haut., 34 cent.

13 — Grand cornet de pharmacie en ancienne faïence hispano-mauresque, à décor d'émail bleu.

Sa décoration consiste en de larges palmes encadrées d'entrelacs en bleu très foncé sur fond blanc teinté de rose. Paterna, xve siècle.

Haut., 33 cent.

14 — Cornet de pharmacie en ancienne faïence hispano-mauresque, à décor d'émail bleu.

Sur un fond blanc se détachent des rinceaux et des feuillages stylisés, alternant avec des disques en bleu très pâle. Paterna, xve siècle.

Haut., 26 cent.

15 — Cornet de pharmacie en ancienne faïence hispano-mauresque, à décor bleu.

La décoration consiste en un semis de feuilles de lierre alternant avec de grands disques, le tout en bleu foncé sur fond blanc. Paterna, xve siècle.

Haut., 28 cent.

16 — Cornet de pharmacie en ancienne faïence hispano-mauresque, à décor d'émail bleu.

Il est décoré, sur la panse, de bandes verticales avec inscriptions arabes alternant avec des palmes ; entrelacs sur l'épaulement et filets sur le col. Paterna, xve siècle.

Haut., 28 cent.

17 — CORNET DE PHARMACIE en ancienne faïence hispano-mauresque, à décor d'émail bleu.

La panse est divisée en deux rangées de compartiments superposés et décorés de dents de loup et d'arabesques. Sur le col, inscription arabe. Paterna, XVe siècle.

Haut., 30 cent.

18 — CORNET DE PHARMACIE en ancienne faïence hispano-mauresque, à décor d'émail bleu.

Sur la panse, plusieurs rangées de compartiments superposés et ornés d'arabesques et de feuillages stylisés. Paterna, XVe siècle.

Haut., 29 cent.

19 — CRUCHE en ancienne faïence hispano-mauresque, à décor bleu et à reflets métalliques.

Munie de son couvercle de forme aplatie dans le haut, d'une anse et d'un goulot, elle est tout entière décorée de feuillages en bleu et or reliés par des rinceaux. Manissès, XVe siècle.

Haut., 26 cent.

20 — GRAND VASE en ancienne faïence hispano-mauresque, à reflets métalliques.

La panse ovoïde est accompagnée de quatre anses à moulures saillantes. Le décor consiste en un semis de fleurs de chardon stylisées. Sur le col, godrons en relief. Manissès, fin du XVe siècle.

Haut., 27 cent.

21 — Vase en ancienne faïence hispano-mauresque, à reflets métalliques.

Sur la panse, large bande décorée de branches fleuries ; dans le haut, deux anses faisant corps avec le col évasé. Manissès, fin du xve siècle.

Haut., 12 cent.

22 — Vase en ancienne faïence hispano-mauresque, à reflets métalliques.

La panse est ornée de larges bandes horizontales, à dessin symétrique de palmettes et de rayures alternant avec un semis de pointillé. Dans le haut, quatre anses s'unissent au col très évasé. Manissès, xvie siècle.

Haut., 20 cent.

23 — Pichet à anse en ancienne faïence hispano-mauresque, décor en émail bleu.

La panse est ornée de compartiments alternant avec des rayures et des arabesques. Sur le haut du col, inscription stylisée. Paterna, xve siècle.

Haut., 18 cent.

24 — Bol en ancienne faïence hispano-mauresque, à décor d'émail bleu.

A l'intérieur, décoration d'arabesques en tout semblables à celles du numéro précédent. Au centre, le signe arabe des cinq doigts de la main pour conjurer le mauvais sort. Provient des fouilles de Paterna, xve siècle.

Diam., 15 cent.

25 — Bol en ancienne faïence hispano-mauresque, à décor d'émail bleu.

L'intérieur est orné, en plein, de motifs géométriques. Provient des fouilles de Paterna, xve siècle.

Diam., 15 cent.

26 — Écuelle à deux anses en ancienne faïence hispano-mauresque, à décor d'émail bleu.

A l'intérieur, une inscription arabe en bordure. Provient des fouilles de Paterna, xve siècle.

Diam., 15 cent. 1/2.

27 — Bol en ancienne faïence hispano-mauresque, à décor bleu et à reflets métalliques.

Il est orné de grandes palmes d'or pâle sur fond blanc ivoire. Au centre, un écusson chargé d'une poire et de son pédoncule, en bleu sur fond d'or, armes de la famille « Perales ». Manissès, xve siècle.

Diam., 15 cent.

28 — Écuelle en ancienne faïence hispano-mauresque, à décor bleu et à reflets métalliques.

Sa décoration consiste en un semis d'entrelacs qui partent des bords jusqu'au centre. Dans le fond, un écusson doré chargé d'une poire avec son pédoncule, armes de la famille « Perales ». Manissès, xve siècle.

Diam., 14 cent.

29 — Écuelle en ancienne faïence hispano-mauresque, à décor bleu et à reflets métalliques.

L'intérieur est orné d'arabesques à reflets d'or chamois et décoré de deux grandes rosaces bleues qui se font face. A l'intérieur, rinceaux lustrés de même ton. Manissès, XVe siècle.

Diam., 1[illegible] cent.

30 — Plat creux en ancienne faïence hispano-mauresque, à décor d'émail bleu.

A l'intérieur, motifs géométriques en forme d'étoile. Au centre, un signe arabe. Provient des fouilles de Paterna, XIVe siècle.

Diam., 22 cent.

31 — Coupe en ancienne faïence hispano-mauresque, à décor d'émail bleu.

Cette pièce, d'une décoration très archaïque, est ornée simplement de trois lignes partant du centre et se terminant chacune par une arabesque ; un trait forme la bordure ; au centre, un signe arabe. Provient des fouilles de Paterna, XIVe siècle.

Diam., 22 cent.

32 — Petit bassin en ancienne faïence hispano-mauresque, à décor bleu et à reflets métalliques.

Il est décoré d'un semis de fleurettes et de rinceaux en or pâle et bleu. Au revers, même décoration à reflets métalliques et en bleu. Manissès, XVe siècle.

Diam., 22 cent.

33 — Petit plat en ancienne faïence hispano-mauresque, à décor bleu et à reflets métalliques.

Il est décoré d'entrelacs entrecoupés d'arabesques et orné d'une bordure en bleu. Au centre, un écusson d'or chargé d'un vol essorant d'azur, armes de la famille « de Alava ». Au revers, feuillages stylisés. Manissès, xve siècle.

Diam., 23 cent.

34 — Plat en ancienne faïence hispano-mauresque, à décor d'émail bleu.

L'ornementation consiste en une tête de guerrier, recouverte d'une cotte de mailles et vue de profil. La bordure très étroite est formée d'une rangée de dents de loup entre deux filets ; revers sans émail. Paterna, commencement du xve siècle.

Diam., 34 cent.

35 — Plat en ancienne faïence hispano-mauresque, à reflets métalliques.

Il est décoré, en plein, d'un lion passant au milieu de fleurettes et de feuillages stylisés. Au revers, arabesques et rayures. Manissès, fin du xve siècle.

Diam., 33 cent.

36 — Grand plat en ancienne faïence hispano-mauresque, à décor d'émail bleu.

Il est divisé dans toute sa largeur par deux bandes en forme de croix, décorées de rosaces et, alentour, de motifs d'ornementation de style ogival. Paterna, xve siècle.

Diam., 38 cent.

37 — PETIT PLAT en ancienne faïence hispano-mauresque, à décor bleu et à reflets métalliques.

Au fond, rinceaux et fleurs stylisées en or pâle ; sur le marli, deux chevrons en forme de chaînette et deux meneaux en bleu. Au revers, palmettes et rinceaux. Manissès, fin du XVe siècle.

Diam., 24 cent.

38 — PLAT en ancienne faïence hispano-mauresque, à décor d'émail bleu.

Il est orné, en plein, d'un taureau passant au milieu de feuillages et d'arabesques. Paterna, XVe siècle.

Diam., 37 cent.

39 — GRAND PLAT en ancienne faïence hispano-mauresque, à reflets métalliques.

Il est décoré d'arabesques, de volutes et de feuillages, avec une bordure centrale ornée d'une inscription stylisée. Sur les bords, faux godrons tournant dans un mouvement de spirale ; au centre, un taureau passant. Au revers, volutes et feuillages. Manissès, commencement du XVIe siècle.

Diam., 48 cent.

40 — GRAND PLAT en ancienne faïence hispano-mauresque, à décor bleu et à reflets métalliques.

L'intérieur est divisé en divers compartiments ornés de palmettes et de fleurettes stylisées en or très vif, le tout entrecoupé de chevrons et de bandes en bleu. Au revers, palmes et rinceaux. Manissès, commencement du XVIe siècle.

Diam., 44 cent.

41 — Plat en ancienne faïence hispano-mauresque, à reflets métalliques.

Sa décoration consiste en un semis très chargé et divisé en quatre compartiments de palmes et de feuillages en or jaune chamois sur blanc ivoire. Muel (Aragon), xvie siècle.

Diam., 35 cent.

42 — Flambeau en ancienne faïence hispano-mauresque, à reflets métalliques.

La base est décorée de rinceaux et fleurettes. Au centre, un écusson chargé d'une croix de Malte. Manissès, xvie siècle.

Haut. 21 cent.

43 — Grand plat en ancienne faïence de Puente del Arzobispo.

Au centre, palmes et rosaces ; sur les bords, arcatures et entrelacs s'enchevêtrant les uns dans les autres. Émaux blancs, bruns, bleus et verts ; bordure des dessins en manganèse. Puente del Arzobispo, xve siècle.

Diam., 37 cent.

44 — Plat en ancienne faïence de Teruel.

Au centre, une scène allégorique figurant un homme nu et coiffé d'un turban, monté sur un monstre à figure humaine et traînant un poids attaché au cou par une chaîne. De chaque côté, deux hérons affrontés. Décor bleu sur fond blanc avec deux bordures lavées de vert. Teruel, xve siècle.

Diam., 32 cent.

45 — Coupe à bords festonnés en ancienne faïence de Paterna.

L'intérieur est orné d'un oiseau au milieu de feuillages stylisés en vert et manganèse. L'ensemble de la décoration est de style oriental très accentué. L'extérieur est sans émail. Provient des fouilles de Paterna, XIIIe siècle.

Diam., 13 cent.

46 — Coupe en ancienne faïence de Paterna.

Du centre de cette coupe part une spirale en manganèse sur fond blanc, se déroulant jusqu'à la bordure qui est festonnée. L'extérieur est sans émail. Paterna, XIIIe siècle.

Diam., 15 cent.

47 — Mortier en ancienne faïence de Teruel, orné en vert et manganèse.

La panse, divisée en quatre compartiments par des nervures en saillie terminées par des anses, repose sur une base d'une excessive épaisseur qui en garantit la solidité. Dans les compartiments, décoration formée par des oiseaux en vert et manganèse ; sur le col et les nervures, pointillé et rayures de même tonalité. Teruel, XVe siècle.

48 — Deux fragments de pichets en ancienne faïence hispano-mauresque.

L'un, à goulot et à anse, laisse entrevoir, sur divers points où l'émail a coulé après la trempe, les dessins au cobalt et provient des fouilles de Paterna, XVe siècle.

L'autre, en terre cuite nue, décorée en bleu cobalt en vue de sa trempe dans l'émail, est de même provenance.

49 — Plaque de revêtement en ancienne faïence hispano-mauresque.

Elle est formée de mosaïques, de formes et dimensions diverses, en émaux verts, bleus, blancs, jaunes et noirs. Au centre, des étoiles à huit rayons ; dans le haut, une bordure sur laquelle se détache un motif d'arabesques en noir. Grenade, XIVe siècle.

Haut., 56 cent. ; larg., 26 cent.

50 — Plaque de revêtement en ancienne faïence hispano-mauresque, à décor bleu et reflets métalliques.

Ce carreau ou azulejo est décoré d'entrelacs en or chamois et bleu sur fond blanc. Au centre, se détache un écusson en or chargé d'une inscription arabe en or sur fond blanc. Provient de l'Alhambra de Grenade. Grenade, XIVe siècle.

Haut. et larg. : 18 cent.

51 — Plaque de revêtement en ancienne faïence hispano-mauresque.

Elle est composée de cinq carreaux formant un dessin octogone et décorée d'une inscription arabe. Chaque carreau est bordé d'entrelacs s'enchevêtrant pour s'unir avec la pièce du centre et former ainsi un cadre complet. Manissès, commencement du XVe siècle.

Diam., 35 cent.

52 — Plaque de revêtement en ancienne faïence hispano-mauresque. Au centre, une biche allongée au milieu de fleurettes stylisées et de rinceaux en émail bleu sur fond blanc. Manissès, commencement du XVe siècle.

Haut., 13 cent. ; larg., 25 cent.

53 — Plaque de revêtement en ancienne faïence hispano-mauresque.

Elle est formée de quatre carreaux ou azulejos en émail bleu sur fond blanc, ornés d'un héron, d'une biche, d'une couronne et de la lettre Y au milieu de rinceaux et de feuillages stylisés. Manissès, commencement du xve siècle.

Haut. et larg. de chaque carreau : 12 cent.

54 — Plaque de revêtement en ancienne faïence hispano-mauresque.

Elle est formée de quatre carreaux ou azulejos, ornés chacun soit d'un animal, soit d'un oiseau, encadrés de rinceaux et de feuillages stylisés, le tout en émail bleu sur fond blanc. Manissès, commencement du xve siècle.

Haut. et larg. de chaque carreau : 12 cent.

55 — Plaque de revêtement en ancienne faïence de Puente del Arzobispo.

Elle est formée de deux carreaux ou azulejos, représentant l'un un chien portant un grelot attaché au col au milieu de feuillages stylisés, l'autre deux personnages dont un représentant la folie : le tout sur un fond blanc et émaillé en vert brun, noir et bleu avec filets en manganèse. Puente del Arzobispo, xve siècle.

Haut. de chaque carreau : 14 cent. ; larg. 15 cent.

56 — Plaque de revêtement en ancienne faïence de Puente del Arzobispo.

Elle est décorée d'un lièvre passant entre deux branches de feuillages stylisés. Fond blanc émaillé en brun, vert et bleu, et le tout listé en manganèse. Puente del Arzobispo, xve siècle.

Haut., 12 cent.; larg., 28 cent.

57 — Plaque de revêtement en ancienne faïence hispano-mauresque à décor bleu et à reflets métalliques.

Elle est formée de deux carreaux ou azulejos formant ensemble un dessin complet. Au centre d'une circonférence, la coquille de Saint-Jacques avec le bourdon de pèlerin en relief. Dans les angles, quatre fleurettes en bleu; autour de la circonférence, des fruits en relief. Séville, fin du xve siècle.

Haut., 25 cent.; larg., 28 cent.

www.ingramcontent.com/pod-product-compliance
Ingram Content Group UK Ltd.
Pitfield, Milton Keynes, MK11 3LW, UK
UKHW021952260726
13994UKWH00004B/1703